하루

예술가시선 08

하루

초판 1쇄 발행 2016년 08월 12일

저　자　심장근
발행인　한영예
펴낸곳　예술가

주　소　서울특별시 송파구 문정로13길 15-17, 201호
등　록　제2014-00008호
전　화　02) 2676-2102
이메일　kuenstler1@naver.com

ⓒ심장근, 2016
ISBN 979-11-87081-01-2 03810

이 도서의 국립중앙도서관 출판예정도서목록(CIP)은 서지정보유통지원시스템 홈페이지
(http://seoji.nl.go.kr)와 국가자료공동목록시스템(http://www.nl.go.kr/kolisnet)
에서 이용하실 수 있습니다. (CIP제어번호 : CIP2016018225)

하루

심장근 시집

2016

덥다. 더위 속에서도 저 뜰 안의 철늦은 주름잎풀의 작은 들꽃들은 더 많은 꽃잎을 펼친다. 이 여름, 나도 개미도 주름잎풀도 더우니까 살만하다. (봄에는 이랬다. 담장 앞 햇살 속에 나란히 서 있는 것만으로도 따습다. 따스우니까 살만하다. 가을에는 이랬다. 하늘을 보는 것만으로도 비어 있던 곳이 채워진다. 채워지니까 살만하다. 겨울에는 이랬다. 오늘 쌀밥이 맛있었다. 밥이 맛있으니 살만하다) 한 사람 한 사람 모두 그렇다.

그러므로 한 사람이 없으면 백만 명도 없다!

어느 날 하루 동안 이런 일이 있었다. 동기와 희정이가 이 시집을 낼 수 있도록 내 통장의 계좌번호를 적어갔다. 남들이 볼 때 약속된 맞춤법이 맞는지 살펴주시기 위해 박 선생님은 여러 번 눈을 비비셨다. 이해인 수녀님께서는 느닷없는 추천의 말씀 요청에도 가장 맑고 따스한 마음의 물을 내 정수리에 부어주셨고, 안수환 선생님께서는, 음, 찾으면 그 어느 곳에도 안 계셨지만 안 찾으면 그 어느 곳에도 계셨다! 또한 그 「하루」 동안 이 시집 한 권이 생겨났고, 나는 하루의 아빠가 되었고, 그는 하루의 엄마가 되었다.

…위대한 하루다!

2016년 여름
심장근

하루

차례

시인의 말

제1부

제2부

제3부

제4부

제5부

제1부

이런 사실

지금도

꽃보다 네가 더 곱다

아침에

하루는 짧아도

넉넉히 갈 수 있는 먼 길

오늘도 그대만은 꼭 안녕하시길!

풀꽃 개론

어디선가 꽃이 피려고
온몸의 기운을 꽃잎으로 모으는 시각
해도 그때 뜨기 시작하는구나
꽃잎 열어야 할 풀꽃들이 여간 많은지!

문자를 보내다 · 1

봄꽃들은 서둘러 왔던 곳으로 가고
동백꽃도 제 발등에 이마를 묻는 오후
어딘가에 묻힌 씨를 다시 적시며 비 오는데
…친구, 지금 뭐하고 있는지?

개망초꽃

들꽃갤러리 & 풀꽃북카페. 그곳에는 들꽃 사진과 들꽃 그림만 있고 들꽃에 관한 책만 있지 들꽃이 그려진 찻잔에 들꽃차를 마시는 동안 들꽃이 그려진 무명 앞치마를 입은 안주인은 바람도 들꽃향기도 들꽃 같은 나그네도 모두 맞이하는 거네

하루가 다만 해 뜨고 해지는 동안의 길이가 아니라는 걸 알지? 밤늦도록 별이 보이는 들꽃갤러리 & 풀꽃북카페 작은 마당에 사과나무장작에서 작은 불꽃과 사과향의 연기 오르는 걸 바라보는 맑은 눈들이, 그래서 있·었·던·거·야 그곳이 지금은 어디에 있는지 아니? …그곳에 있던 것들이 꽃 하나하나 되어 있네 저기 수북한 들꽃 더미 되어 있네!

경계석

이제 주차해야 한다
바퀴 근처 봄 햇살 속에 문득 자주제비꽃 두엇
뿌리를 위한 흙은 없네 알아서 살아왔구나
경계를 짓는 어떤 덩어리와 덩어리 사이가
이렇게 꽃의 집이 되기도 하는 이 봄날
나도 들꽃의 집 마당에 주차하다

만항재

먼 곳에서 온 햇살을 받는 동안
들꽃들도 옆에 누군가 있어야 더 따뜻하다지
옆의 꽃에게 몸을 기울이고 마음도 기울인다지
자주 안개가 찾아와서 햇살을 감추지만
저 고개의 들꽃 개수만큼, 그 일대일 대응을 넘는
눈에 보이지 않는 햇살은 또 얼마나 많은가!

문자를 보내다 · 2

별이 반짝입니다
어둠속 어디에선가 별을 바라보는 그대가 있는 겁니다

살구꽃

햇살은 4월에 무엇을 할 것인지 알지
보내지 못한 편지는 꽃으로 필 거네

꽃잎은 벌한테만 단맛 아니지
오늘 하루 내 꽃잎도 달다 캔디, 캔디…

멸치국수

목련꽃 피는 봄날
누가 멸치국수 먹는가보다
오래된 그리움도 때로는 아픔이지
국수 한 그릇 먹는 동안은 잊어볼라네
동네 골목골목 목련꽃은 피어서
우리들 그리움이 그동안 얼마나 분화했는지
보여주는 거네 아픔의 그 실체들
나도 국수 한 그릇 먹으며 기억해 둘라네
이 봄의 흉터마다 돋는 꽃들의 내력

진달래꽃

기다린 이에게

꽃망울 앞세워 먼저 오는 이 봄날

덩굴장미

드디어 담장 위에 올라섰다
도둑만 담장을 넘는 게 아닌 거다
푸른 가시를 단단한 사다리 삼아 딛고
도둑이 조마조마 넘던 자리에 꽃이 되어 돌아왔다
잃어버린 몇 가지 패물과 놓고 간 발자국이
한 묶음 꽃으로 돌아왔다
서운치 않다, 이 물물교환

실마리

누군가 조금 전 비운 꽃병 둘레에

꽃잎 서너 개

…붉은 장미 거기 있었네

위로

문득 들여다보니
어느새 너는 나와 손깍지를 끼고 있네
네 따뜻한 손의 온기가
지금, 내 손을 타고 건너오고 있어

문자를 보내다 · 3

저기 참 많은 꽃이 있다

그래도

여전히 그대가 먼저 보인다

제2부

햇살의 말씀

올해도 능소화가 맨 위쪽 가장 환한 옥탑방 하나 찜했다
거기 하늘 가까운 곳에서 하늘 보며 살아야 살 수 있는 그대

…사람이 꽃을 만나는 것은 사람의 일일까 꽃의 일일까?
아주 조금씩 내가 변한다면, 그를 닮아 나도 꽃이 되는 쪽
으로 변해 간다면 사람의 일이 바로 꽃의 일이 되는 거다

날마다 나는 햇살이 되어
가난한 옥탑방 그의 몸에 따스하게 스며들었다

해바라기

멀어져도
항상 그 자리에 있으라고 했지

…그때 내 옆에서 함께 가지 않았다면 그 자리는 지금 길
이 아니라 천길 아득한 절벽이었을지도 모르는 거네 나는
지금 그 길 밟고 가고 있어 그 환한 빛 속에서 나 여전히
빛나는 거지 잘 보이지?

돌아서서 다시 달려올 때 멀지 않게 여기 있지
나는 멀어지지 않았어

손수건

해바라기밭 너머 해는 지면서
하루 종일 제 크기로 빛나던 해바라기 이마를
붉은 노을을 보내어 하나하나 만져봅니다

…너는 열이 좀 있고, 너는 누군가 보고 싶구나 너는 네
옆의 그 사람이 여전히 세상의 중심이고, 너는 너보다 더
아픈 그를 위해 기도하고 있고…

목에 두르거나 팔에 동여매 준
초록색의 바람이 나풀거립니다
그의 주머니에서 나온 것, 그의 향기가 납니다

꿀맛

다시 꽃밭으로 나가기 전
온몸에 꿀 묻은 벌들의 낮잠
꽃가루 묻은 날개 안고 잠든 나비들의 낮잠, 그리고

…그의 낮잠 깨우지 마세요 지금 꿈속에서 만나는 이와
지금 아니면 만날 수 없어요 돌아올 거예요 아쉬운 듯이
입맛 다시며…

점심 식사 후 아파트 공사장 그늘 여기저기
헬멧 엎어놓고 베개 삼아 잠든 10분,
툭 치고 지나가도 그냥 돌아눕는 그 깊은 잠,
보는 나도 달다!

누름돌

저녁별 떨어지는 들판 끝에서
매실나무 그림자는
그 빛과 어둠을 하나씩 들고 와서
매실 담은 항아리를 안에서 꼭꼭 눌러줍니다

…마당의 수많은 항아리 중에 어느 항아리에 매실이 있는
지 매실나무는 알지요 매실나무에 앉았던 새들이 내려앉
는 항아리

그 항아리에 들어있는 매실과 매실 안에 들어있는 봄날의
꽃과 꽃안에 들어있는 매화향을 매실나무는 아는 거지요

위에 올려만 놓아도
그 힘을 마주 받아오는 아래의 힘이 있어서
어둠속에 매실향이 가득 차고
첫 봄날 따스한 햇살도 내내 우러납니다

무지개

멈췄던 바람이 마저 지나가자
구름 사이 햇살이 빛난다 토란잎에 고여 있던
일곱 빛 빗물이 동시에 쏟아져내렸다

…보라남색파랑초록노랑주황을 지나 빨강색에서 빛이
사라졌다 사라지면서 따뜻함을 남겨놓았다고 하는데, 맞
다, 따뜻한 손을 가진 네가 거기에 있는 거다

빨강주황노랑초록파랑남색을 지나 파랑색에서 빛이 사
라졌다 사라지면서 서늘함을 남겨 놓았다고 하는데, 맞
다, 구름 뒤까지 들여다보는 네 서늘한 눈이 거기에 있는
거다

원추리꽃, 패랭이꽃, 담장의 담쟁이덩굴…
거기 있던 꽃과 줄기와 잎들이 함께 빛난다
어느 집 오늘 낮에 닦은 창문도 맑게 빛나고

매미

올해 처음 여름을 만난
공원 나무의 어린잎들이 흔들린다
흔들릴 때 비로소 빛나는 것이 여기 있구나

…70년을 걸어가야 만날 수 있는 별 하나를 향하여 네가
왔다 걸을 때마다 너를 앞으로 밀어내며 피어나던 봄꽃들
도 제 향기에 취해서 지고

나는 부채 하나를 꺼내어 너에게 신호를 보낸다 여기 빈
자리가 있다 여섯 개 다리를 먼저 내밀어 별을 잡고, 천천
히 내려앉아라 반짝이는 나뭇잎마다 네 몫의 음표는 가득
하다!

여름여름여름여름…
수많은 나뭇잎들이 노래를 한다 흔들릴 때
비로소 제 노래 하나 부를 수 있는 것이구나

소나기

왔다갔구나
저 풀줄기들 그동안 아팠던 허리 두드렸구나

…풀잎 그늘에 누워 있던 먼지들이 일어나서 나방처럼 창
으로 다가온다 창문을 닫기 전에 실내로 들어온 흙먼지
들, 그 오래된 향의 염색체들은 여전히 향기롭다

풀잎에 앉아 있던 풀벌레들도 한층 아래로 내려가면서 조
금 전 풀잎에 내려놓은 연두색 알들을 끌어안는다 작고 말
랑말랑해도 끌어안는 동안에는 절대로 부서지지 않는다

놓고 갔구나
풀줄기들 새로 일어서는 들판의 맞은편에
나비와 벌과 다른 풀들 건너오는 무지개다리

외출

다녀오십시오

…어딘지는 몰라도 거기도 여기에서처럼 허공에 색과 향을 입혀 꽃 하나 만드시는 동안 꽃은 잠시 거기로 자리 이동하는 것이지 좋은 자리로 가는 꽃은 없어 가서 좋은 자리를 만드는 것이지

꽃만 그러는 게 아니더군 모습은 보이지 않고 소리만 여전히 살아 있는 저기 작은 새들과 들꽃들을 떠받들며 살고 있는 이 여름의 햇빛과 바람도 옮겨가는 곳마다 새알과 홀씨들의 영역을 돌보아주는 것이지

잘 다녀오십시오

맛을 위하여

열매 하나를 위해
백만 마리의 벌과 봄 하나가 다녀갔다

…잠시 참새가 앉았다가 떠난 자리 근처의 매실은 조금
전하고 달라요 참새 날개의 달콤한 휴식이 매실 안에 단
맛으로 한 스푼 스며드는 거예요

튀어오르듯이 날아다니며 잠시 가지에 앉았을 뿐인데도
푸른 매실은 그 작은 새의 몸무게를 온몸으로 받은 거예
요 동그랗고 까만 눈도 정면에서 마주본 거구요

열매 하나 모두 익을 때까지
햇빛은 또 얼마나 기쁘게 먼 길을 건너올 것인가

사모곡

별은 빛나는 것이 아니라
그곳에서 누군가를 향해 눈을 깜빡이는 거다

…춥지? 어머니는 늘 눈으로 말씀하셨다 겨울이면 둥굴
레차 따뜻한 것을 컵에 담아 내놓으시면서 석유난로의 눈
금을 한 칸 더 올리셨다 난로는 둘레에 사람이 있을 때 더
따뜻하다

오래전에 어머니가 심어놓으신 둥굴레가 꽃을 피웠다 오
셨구나! 어머니가 언뜻 비치고 나는 흰꽃 몇 개를 떼어 어
머니 가슴에 단다 꽃은 사람의 가슴에 있을 때 더 빛난다

별이 되고 싶으면
누군가를 향해 기쁘게 눈을 깜빡여주면 되지

생성

잔디밭을 지날 때 바람은
그 손에 쥐었던 것을 내려놓고 간다

…몇 개의 토끼풀과 후욱 불어 날리던 민들레 씨와 함께
그곳에 앉았던 좋은 기억까지 내려놓고, 앉아서 멀리 바
라보던 하늘과 검은 잔디 씨와 함께 귓가를 간질이던 바
람도 한줌 내려놓고

운동화를 벗어 옆에 놓고 다시 길게 누워 하늘의 구름을
바라볼 때 어디선가 다가오는 은빛 비행기 한 대도 거기
내려놓고, 잠자리들이 나타나고 또 나타나던 하늘도 한
평 거기 내려놓고

잔디밭을 지날 때 나는
빈손에 무엇인가 한줌 받아들고 간다

청포도

지하주차장에서 11층 집에 가는 방법은
엘리베이터를 타기도 하고
계단을 걸어 올라가기도 하지

…계단을 걸어 올라갈 때도 그냥 가는 것보다는 포도 한
송이 들고 먹으며 가면 더 쉬울 거다 누구인가 닦아놓은
계단 하나하나를 밟을 때마다 나 한 알, 너 한 알

잠깐, 너는 누구지? 언제나 없는 듯이 꼭 있는 내 그림자
처럼 너는 오늘도 나와 함께 계단을 오른다 맑은 눈빛과
웃음으로 너는 나의 반쪽이 되어 너 한 알, 나 한 알…

수많은 계단이 여기에만 있을까
그때마다 어깨를 대어오는 그가 있다
반짝이는 그의 날개가 닿을 때 하루의 온전한 쉼이 허락
되는구나

사랑

산에 오르자 몇 겹의 산이 문득 다가오고
그 한 겹의 뒤에 무엇이 있는지 들여다본다
또 그 뒤쪽 한 겹 안에는 무엇이 있는가

…양파를 한 겹 한 겹 벗겨내는 동안 내내 눈물이 났다 아
프지 않도록 눈물이 나는 것이 아니라 눈물이 나니까 안
아픈 거다 양파의 수만 겹 안에 들어있는 아픔

벗기지 않으면 양파가 될 수 없지 한 겹 한 겹 온전히 떨
어져 나오면서 비로소 그동안 서로 닿아 있는 속살을 보
여준다 함께 있는 동안에는 그렇게 꼭 붙어 있는 거다

산은 다시 그 안에 산을 품고
그의 나무와 새와 바람을 나누어 준다
다시 돌려받을 것이면 나누지도 않는 거다

쉼休

나무에 기대고 앉을 때마다
나무를 의심하지 않는다
그가 슬금 자리를 옮긴다거나, 부러진 가지를
내 등에 대지 않는다는 걸 나는 매번 믿는다

…오늘은 내가 나무에 기대는 것이 아니라 내가 나무를
업어준다 할 일을 잠시 내려놓고 나무를 업어준다는 것,
그렇게 내 일을 쉬도록 한다는 것

나무가 나를 업어주는 동안에도 나무는 자라는 것처럼 내
가 나무를 업어주는 동안에도 내 열매는 그 과육 안에 단
맛의 즙을 모아간다

수많은 나무 중에 바로 네가 거기 있고
수많은 사람 중에 내가 너한테 다가갔구나
내 등을 내밀어 네 가슴을 받는다 업혀라,
너의 가슴 안에 있는 나를 업는 거다

더운 날

여기까지 먼 길 걸어 제자리 잘 찾아온
뜰 안의 주근깨 가득한 참나리도 늘어지고
산딸나무 결 고운 잎도
매미를 불러내어 더위를 식히는 오후

…아무리 더워도 그날 그때가 되면 아기는 태어나는 거네
비 오듯이 쏟아지는 산실産室 유리창의 습기 너머로 그 집
첫아기 울음소리는 뚜렷이 들리는 거네

큰 눈 반짝이는 강아지도 그날 그때가 되면 이 세상에 오
는 거지 감은 눈 아직 열리지 않은 귀로 세상을 보거나 들
을 수 없어도 그날 감나무 아래 그늘은 깊고 깊은 동굴이
되는 거네

계단을 하나하나 오르면서
문득 내다본 밖에는 저물녘 소나기가 지나간다
어딘가 두 개 샘에 한쪽씩 무지개는 뿌리내리고
이 더위에도 누군가는 기쁨으로 건너오고 또 건너가고 있
겠네

무궁화

기다리던 택배
제주도 감귤꿀, 그 단맛이
단단히 묶여서 나에게 올바로 왔다
놀이터 저 담장의 꽃이 환한 오후

…잊지 않는다는 것은 그와 어느 길로든 연결된 끈이 있
다는 것이지 내 주소를 적은 메모장도 끈이고 스마트폰에
숫자 몇 개로 기록된 전화번호도 끈이고

날마다 그때쯤 택배 지나가는 길목에 오늘은 멈춤 표시가
있고 그게 바로 나를 찾는 계단 앞이라면 그 계단 끝에 나
는 미리 나가서 기다린다 꿀맞이의 꿀맛 기쁨을 아는가!

놀이터 아이들이 나무담장에 붙어서
벌을 쫓는다 저 꽃 속의 단맛을 찾아
벌들은 가파른 여름의 계단을 올라온 거다
…꿀담은꽃이피었습니다!

태풍

자작나무 숲의 매미 한 쌍
그 고운 7월의 신부를 위해
바람의 길목, 튼튼한 여름 잎의 지붕 아래에서
마주 손을 잡을 수 있는 거리에 있다

…손을 내밀어도 닿지 않는 거리에 있다면 그가 지금 어
디에 있는지 알아둔다 그가 있는 그곳을 향하여 귀를 기
울이는 것만으로도 그는 편안히 잠을 잔다 바람이 점점
세어진다

자작나무 숲은 깊다
7월의 신부와 그의 기쁜 짝은
서로의 그림자를 덮고 꾸고 싶은 꿈을 꾼다
바람의 중심은 고요하다 들리지? 서로의 숨소리

선풍기

아파트 단지 하나 만들면서
작은 공원도 하나 만들고 있네
작은 폭포, 나무숲, 이쁜 의자 몇 개
함께 오는 하늘과 햇빛과 달과 바람과…

…어느 의자에 앉으면 제일 시원한 바람이 나를 향해 올
까 누구와 나란히 앉으면 새소리가 그중 또렷이 들릴까
얼마큼의 거리가 있어야 그곳에 그가 있음을 돌아보지 않
아도 알 수 있을까 가고 싶은 대로 바람의 방향을 정하고
나면,

앞의 바람 어깨에 손을 얹고 이어오는 바람
작은 공원 둘레를 돌아온 많은 이야기들도
그 안의 어느 부분은 신나는 바람이 되어
그중 열린 아파트 창문 타고 들어가고!

모자

손을 들어 잠시 이마의 햇빛을 가리는 동안
세상의 나뭇잎들은 여전히 햇빛에 빛난다
아름답지, 저렇게 빛나는 거

…한쪽 가려지는 부분이 있어서 더 빛나는 곳이 있는 거
네 햇빛을 피하여 이마가 가려져 있는 동안 그의 눈빛은
더 깊어지는 거지

나뭇잎을 흔들고 온 바람 한 줄기도
그가 비로소 이마를 드러내는 순간에
입 맞추어 오고
아름답지, 저렇게 가려 있던 부분 환히 드러날 때!

노래

바람결 따라 먼 길 걸어온 풀들에게
이름 하나 붙여주고 그 이름을 불러본다
하늘자리, 가는미나리, 황새냉이… 부르면
어느 풀섶에선지 그 풀의 가슴 뛰는 콩콩콩 소리…

…이름을 부르는 동안 그 얼굴이 다가오고, 그 눈을 맑게
빛내며 내 옆에 와 앉는구나 그의 어깨와 팔에 슬며시 코
를 대보면, 그래, 이거였어, 그가 있던 방향에서 늘 오던
향기!

바람은 언제나 직선으로 오지 않고
높낮이가 다른 나뭇잎들을 고루고루 지나서
내가 서 있는 눈높이에서 솟거나 내려앉는구나
누굴까, 나에게도 새로운 이름 지어주고 밤새 흥얼거리
는 그는!

춤

아이스크림을 먹으면서 돌담길 걸어올 때
그림자도 따라오며 아이스크림을 먹는다
단팥은 단맛을 내며 돌담에도 스며들고
팔과 다리는 저마다 다른 단맛에 즐겁다

…지금이나 훗날 내 옆에 몸은 없어도 언제나 함께해줄
거라는 믿음은 혼자 걷는 걸음을 두 박자나 세 박자의 리
듬을 타게 한다 결코 혼자가 아닐 거라는 든든함,

말없이 너를 향해 손을 펴면 내 손바닥에 어느새 천천히
올라앉는 너의 손바닥의 온기는 손목을 지나 순식간에 온
몸으로 퍼져간다 그 경쾌함!

무릎을 굽혔다가 다시 펴면서 날아오르고
너의 가슴을 향해 나는 한없이 떨어져 내린다
날개 없는 추락은 네가 거기 있어서 가능한 거지
다시 턴tum, 아이스크림이 입에서만 녹는가

제3부

하루
—뜨개목도리를 하고 새벽길을 나서다

수백만 번 허공을 찌른 바늘자리가
내 목을 감싼 순간
너의 두 팔 안쪽 따스한 온기로 바뀔 줄이야

하루
—모닝콜

아직 잠자고 있는 그에게
영산홍 붉게 핀 봄날 아침을 보냅니다
수많은 꽃들이 모여 있어서
어느 꽃이 그의 귀에 입을 댈지 모르지만
어느 꽃이든 그에게 가 닿습니다

지난밤에도 그는 좋은 꿈을 꾸었는지
영산홍 작은 숨소리 한 번에 눈을 뜹니다
어둠과 허공을 지나 부지런히 온 꽃들
지친 표정 없는, 문득 마주친 꽃을 표시 삼아서
그는 하루의 승강장에 안전하게 들어섭니다

자세히 보아야 보이는 작은 그를 위해서도
오늘 아침 그 시각에 맞추어 여기 온 꽃들

하루
—아침에

빛이 없으면 이슬은
그 모습 드러내기를 망설인다
들판 하나와 들꽃 하나 짝을 짓고
저수지 하나와 올여름 첫잠자리 한 마리 짝을 짓고
그들은 서로 옆에 있으면서
빛을 만들어주고 있는 거지

굿모닝
오늘과 짝지어진 빛나는 사람 하나

하루
―밝으니까 본다

날마다 그 꽃밭을 지나서 오는 해는
꽃들 중에 누가 오늘 피어날 차례인지 알지
꽃밭의 일을 잘 알고 살아서
해라고 부른다 아침에 하나만 뜨지만
해는 꽃들의 수만큼 햇살을 가지고 있다

너도 어느 꽃에 물을 주어야 하는지 안다
향이 너무 진하거나 향이 흐리면
꽃에 너는 물을 더 주거나 덜 주거나…
꽃의 일을 잘 알고 있는 너는, 혹시
수많은 햇살 중의 하나이거나 한 묶음…

하루
―나만 아는 기쁨으로

아침에서 점심 사이의 숲속 햇빛 안에는
내가 아는 얼굴들이 제일 많이 들어 있지
지난 이른 봄에 다녀간 양지꽃, 주름잎풀
오늘부터 보이는 소시랑개비와 꿀풀…
오래 기다려온 표시로 꽃이 되어서
비탈과 허물어진 곳에도 만드는 꽃자리
어느 땅에서 누가 천천히 어깨를 펴는지 몰라서
나는 한껏 뒤꿈치 들고 산길을 간다
나무 사이 언뜻언뜻 보이는 먼 산의 이마
나비 떼 되어 가볍게 날고 있는 연둣빛 잎들

하루
—열매 익어가는 순서를 보며

지난봄 시멘트블록 담 너머의 붉은 앵두
오늘은 자두가 빛난다 저 집 작은 안마당에
앵두나무, 자두나무, 무화과나무, 모과나무…
오늘 점심 식탁에 후식으로 자두 한 접시
밥그릇 툭, 쳐서 엎어놓고 일어서는 고양이
자두나무 아래 고양이 밥그릇 속 자두 한 알

문을 슬쩍 흔들며 옆집으로 건너가는 바람
그 품에 한 바가지의 자두향기, 한낮 해는
익힐 자두 더 없나 햇살 풀어 찾아나서고
한숨 자야지 고양이가 담을 넘어가는구나 툭,
시멘트블록 담장 한 켜 낮아지는 소리

하루

―짧다

꽃 하나에 닿기 위해
벌은 아침 일찍 길을 떠난다
돌 틈에서 처음 눈을 뜬 여덟 점 무당벌레들이
천천히 외투를 입으며 걸어 나올 때쯤
꽃 하나에 닿은 벌은 더 많이 날개를 저어서
멈춘다 꽃이 출렁이다가 제자리로 돌아온다

그 속도와 그 방향으로 다가온 벌을 위하여
더 많은 햇빛이 꽃들의 고개를 들게 하고
아침 일찍 떠나온 벌을 먼저 맞이한다
서둘지 않는 벌은 배가 고플 것이다 꽃들도
어딘지 먼 길을 다시 돌아가야 할 것처럼
서두는구나 서로 만나는 하루는 짧다

하루
―꽃의 휴식

하루 중 어느 시간이 되면
꽃도 그 고운 날개를 접고 쉰다
입 안 가득 물고 있던 향기를
자신을 위해 사용하는 동안에도
그의 꽃잎을 잠자리가 쉬어가는 자리 또는
먼 길 떠나온 홀씨들의 쉼터로 내놓는다

꽃이 쉰다는 것은, 꽃이
그의 자리를 벗어난다는 것은 아니지
여전히 그 자리에 있으면서
조금 늦게 그곳에 온 나비를 기다려주고
지금처럼 누군가와 기쁨을 함께하면서
그의 사진에 들어가기도 한다 빛나는 거지

하루
—어떤 봄날 저녁

달달한 빵을 먹을 수 있는 쿠폰을
그가 보내왔다 그는 여전히 내 옆에 있었구나
달달한 빵에 들어 있을
그의 달달한 마음
별목련 별꽃이 드디어 잎을 펼친 저물녘

그 빵들의 옆집에 꽃집이 있다
빵으로 쿠폰을 바꾸어 나오는 그 사이에도
그 꽃집에 가득한
꽃들의 향은 꽃 안에만 머물러 있지 않는다
빵을 사고 꽃을 가슴에 안을 때
빵과 꽃은 한 종류가 되기도 하는 거다

빵과 꽃과, 먼 길 떠난 어머니도
여전히 내 가까이에 있는 이 봄
별목련 꽃잎처럼 빛나는 빵 쿠폰 한 장
이 저녁 나를 둘러싼 공기도 달다

하루
—저물녘 풀꽃들은

해 넘어 갈 무렵이면 풀꽃들은 등 뒤로
오늘분 햇빛을 마저 받는다
그의 밝은 가슴을 통과한 빛은
조금도 어두워지지 않고 오히려 밝다
꽃은 안에도 빛이 있어서 빛이 지나가는 동안
그 안의 빛을 밖의 빛에 더하는 거다

해 넘어가기 직전까지
오늘 와 닿은 이곳을 풀꽃들은 밝히면서
망설임 없이 어둠 안으로 들어간다
보이지? 저녁놀 붉은 들판에서
풀꽃들은 어깨를 서로 기댄다
그것이 그들의 힘이다

하루
—들판에서

저물녘이면 새들이 돌아오는 길이 있다
아무데로나 날아들며 날개를 접지 않고
하루 종일 햇빛이 지나간 들판과
바람이 멈췄던 곳에 숨어 있는 길을 찾지
세상의 표지판은 많아서 저녁의 푸른 어스름에
어느 것이 진짜 길인지 망설일 때도 있지만

새들은 그들의 노래 한 소절로 길을 찾아든다
아직 온기 남아 있는 몇 개 깃털의 표시
또는 아침에 하늘로 날아오를 때
함께 흔들리던 들꽃 몇의 기쁜 반짝임을 보며
들판 입구에서 저녁놀의 붉은 창문에
그 날개를 댈 때, 저절로 읽어지는 비밀번호

하루
—오늘 하루

길모퉁이를 돌아서다 말고
잠시 멈춘 저녁 햇살이 풀꽃을 들여다보고 있다
아스팔트 갈라진 틈에 오늘도 하루 살면서
사방의 바람을 모으고 또 길을 만든 작은 풀꽃,
그 흐린 그림자에도 무릎을 댄 저녁 햇살은
끌어안아 가슴에 닿았던 무릎이어서 더 따습다

세상의 어느 길모퉁이 작은 풀꽃 앞에 멈추어서
한걸음 늦게 가는 저녁 햇살을 위하여
밤은 한 시간 정도 천천히 온다 남은 일이 있으면
계속할 것, 풀꽃의 작은 꽃잎을 떼어 안주머니에 넣고
꽃잎 안에 검은 씨앗들을 편안히 잠재울 것
오늘 하루는 오래전 맨 처음의 날에 길을 떠나
다른 곳으로 안 가고
너와 나의 지금을 위해 여기 온 것이니!

하루
—봄날 밤

사랑하는 거 맞아
있는 그대로
몸이 따뜻해지는 거 보면
꽃도 그 체온을 재어보면
그 앞에 서 있는 너의 체온과 같아

어디를 돌다가
이제 여기 왔는지…
다른 데로 안 가고
여기 온 거 고마워
사랑하는 거 맞아
있는 그대로
저 꽃들 활짝 웃는 지금!

하루
—별도 함께 잠을 잔다

그만 자자
별 하나가 어느 별 하나에게 메시지를 보냅니다
수많은 별과 별 사이, 수많은 길과 길을 지나
수많은 안테나 중에 바로 그 안테나에
마침내 별 하나의 메시지는 가 닿습니다
팔 하나 달라고 어느 별로부터 답장이 옵니다

보세요, 별 하나의 반짝임은 그의 별을 향해 곧바로 가고
어느 별 하나의 반짝임도 망설임 없이 또한 가서
서로 팔을 내밀어 머리를 받쳐주고 잠자는 동안
어둠속에서 별은 기쁘게 빛나는 겁니다
별의 개수만큼 오늘도 메시지가 오고갑니다
그만 자자! 그래, 여기 내 팔!

제4부

스마트폰

긴 다리 하나를 접고 물 가운데에서
황새 한 마리 서서 자신을 들여다보고 있군
들여다본다는 건 저런 멈춤이 함께하는 거지

…들여다보면, 거기 내가 늘 있는 것은 아니었네 부재의
내 메모 옆에 왔다간 표시를 남기고 가면서, 다시 뒤를 돌
아보며 보고 싶은 눈빛도 남기고

또한 들여다보면, 나는 거기에 늘 있네! 어긋나지 않는 번
호 하나 기억하고 새소리 또는 무음의, 바람 한줄기 되어
초인종 누르는 손길을 기다리며 나는 그 곁에 서성이는
거지

기다림이라는 게 어느 때는 하루가 되고
한 달이 되고, 살아 있는 전체 날도 되지
어느 한순간의 일치를 위한 대기상태는
책상 위의 부르르 떠는 울림과 동일한 두근거림이지

건널목에서

이 세상 수많은 기둥 끝에 등을 달고
제 몫의 어둠 중심에 불을 넣는다
그래 건너자, 환히 길이 열리는 거다

…다시 그 자리로 돌아온 불빛들은 기쁘다 갈 수 있는 데
까지 갔다가 다시 돌아오는 게 어디 쉬운 일인가 길은 그
사이에도 가로세로 사방팔방 여럿 새로 생기는데

아마 그곳에 처음 나서서 그를 불러냈다고 하더라도 처음
은 결코 아닌 거다 백합나무 그중 고운 꽃으로 이미 만나
기도 했고 문득 보이던 초록불빛 아래 스쳐지나가기도 했을
거다

길이 붉은 대문으로 닫혀 있는 동안에도
너에게 가는 나와 나에게 오는 너를 위하여
어딘가에서 푸른빛 신호는 연신 온다, 그러니 멈추지 말
라!

자석

꽃으로 빛나는 너의 아침에
어디선가 가뿐한 나비 한 마리 너에게 간다
네가 이끌었지 꽃이라는 이름으로

…목걸이와 너의 흰 목의 만남에도 이끄는 힘이 있었던
거지 지난 봄날 개나리 담장을 큰 목걸이 삼아 마을 하나
봄이 깊어갔던 것처럼 너와 너의 목걸이도 함께 깊어가고

반지와 너의 흰 손가락 하나의 만남에도 서로 당기는 힘
이 있는 거지 어느 지층의 무거운 산 그림자에 눌려 있다
가 마침내 토끼풀 고리 하나 되어 심장과 심장을 묶으며
함께 깊어가고

바람 한줄기 기쁘게 지나가는 이 저물녘에
어느 힘에인지 이끌려 그 자리로 돌아오는 별들
네가 이끌었지 그를 생각하는 것만으로도!

입추

옥수수 넓은 잎이 제 몸을 만져본다
만져도 느낌 없던 넓은 잎의 마른 손금에
파란 하늘의 서늘함이 강물처럼 흘러든다

···들판을 지나온 바람들은 빛나는 씨눈 하나씩을 가지고
있지 그 눈 둘레로 모여 있는 지난여름의 타는 햇살과 천
둥, 은하수로 쉼 없이 흘러들던 별똥별들이 단맛의 과육
이 되어가고

시내의 각진 건물과 건물 사이를 지나온 바람들도 빈터
작은 자리마다 참깨며 콩이며 봉숭아까지 그 씨앗의 껍질
을 단단히 여물게 한다

뚝뚝 잘라내어 주고 남은 옥수수도
해진 긴 옷깃을 나부끼며 중얼거린다
여기는 네가 기대던 어깨고
여기는 바람이 자주 지나가서 휑한 가슴이지
여기는 그 가슴 따습게 데우는 심장이고

소금

달빛도 무게가 있는지
달빛이 내리는 동안 바닷물은 잔잔하다
오늘은 그렇다 바위섬 하나 가볍게 떠 있다

…그 많은 바위섬들은 파도의 이랑과 고랑을 오르내리는
동안 조금씩 부서진다 부서져서 어둠속 어디인가 흩어져
있다가 다시 달빛을 받아 섬 하나가 된다 부서져 본 섬만
이 그의 맛을 가질 수 있는 거다

바람은 다시 섬을 밀고 와서 다른 섬 옆에 나란히 세우는
구나 섬과 섬 사이, 해와 달과 별과…, 빛나는 것들은 수
시로 찾아들고 부서지며 내려앉는 동안 바람은 어딘가에
창고를 짓고 지은 창고를 채우기 위해 다시 길을 떠난다

별빛도 무게가 있는지
별빛이 쏟아지는 동안 바다는 잔잔하다
지금이다, 고무래로 그 빛의 파편을 긁어모으는 때는

사탕

저녁놀은 산등성이 부분이 더 붉다
구름을 싼 하얀 포장지도 불그레 물들이며
저녁놀은 하늘 곳곳을 물들이는구나
저기 끝 한 자락은 나를 향해 있고

…하루 종일 건너와서 마침내 해는 하루의 끝에 다다랐다
하늘 전체에 저 단맛의 저녁놀을 펼쳐놓으면서…, 하루
의 끝이 단맛이면

지나온 그 시시각각에도 단맛은 배어 있다 길가 엉겅퀴
가시에 앉아 있던 알록나비도 가시끝을 밟고 알을 낳았고
그 후 그의 빈속에는 노을빛 단맛이 채워지는구나

짙푸른 어둠의 커튼 속에서
양쪽 볼이 볼록한 달이 쑤욱 나온다
그 입속 네모, 세모, 동그라미의 단맛
그중 하나 내 손안에도 쥐어주고…

바위

어느 돌 하나 어둠속에서 나올 때
나는 그를 별이라고 부른다

…너를 위해 빛이 되겠다는 약속을 언제 했는지 모르지만
분명히 너에게 약속했다 그 약속을 지키기 위해 약속한
그 장소에 밤마다 나는 간다 가파른 길을 지나는 동안 숨
은 턱까지 차오른다 그래, 별은 그렇게 살아 있는 거다

저기 골짜기는 낯익고 지는 해도 반갑다 바람을 마주하고
있는지 너의 낯익은 어깨 내음도 나를 향해 오고 있다 작
은 풀꽃 하나가 어둠속에서도 먼저 빛나고 그 작고 여린
파동은 백만 광년의 거리를 온다 그래, 너는 풀꽃 하나로
살아 있다!

그 풀꽃 하나가 몸을 기대고 있는 동안
차가운 별은 데워지고
풀꽃을 심장 삼아 빛나는구나

미소

석류꽃이 피던 날의 뒷자리에서
이제 붉은 석류가 익어가고 있네
익어가는 것들은 기쁘지 가득 들어있는
입안의 그 흰 씨들을 보이고 싶은 거다

…어디인가 비어 있는 나뭇가지를 찾아가서 새 석류꽃으
로 채운 그 봄날은 가고, 봄날은 가면서 머뭇머뭇 작은 돌
부리에도 일부러 넘어지며 하루쯤 더 남아 있었네 하루
더 남은 그 햇살은 하루 늦게 온 석류꽃을 마저 피우고

나도 너에게 하루쯤 늦게 온 꽃이지 네가 어제 저물녘 붉
은 노을 앞에서 서성일 때 문득 너의 가슴 한쪽을 향하여
바람이 지나가던 거 기억하지? 네 앞에서 서성이던 내 옷
자락을 잡아 네 가슴에 꽂던, 가슴에 꽂자마자 꽃이 되던
그 석류꽃

하루쯤 너에게 늦게 온
석류 한 알의 벌어진 틈에서

너는 나를 찾는구나
…그 환한 웃음, 드디어 찾았구나!

칠석

하늘의 별을 세는 동안
땅위의 작은 돌들은 모두 별이 되었다

…양들이 운다 어두운 길을 나선 목동을 걱정하는 것은
한낮 동안 함께 비탈을 오르내린 양들의 몫이다 햇빛이
더 많이 스며드는 곳에 더 맛있는 풀이 있음을 알고 있던
목동을 위해서 어둠속 양들의 울음은 따뜻한 우유가 흐르
는 은하수 밝은 빛이 되는 거다

별들이 빛난다 아직도 하늘 어딘가에서 서로 만나지 못해
눈물짓는 별이 있다고 믿는가? 오랜 동안 먼 길을 걷고 또
걸어서 다가설수록 서로 멀어지는 부분과 전체가 있다고
또한 믿는가?…그래, 아직도 나는 그렇다고 믿는다

별을 바라보다 별이 되었다
별이 되어서도 별을 찾는다

길

모퉁이를 돌아온 바람은
모퉁이 저쪽에 무엇이 있는지 기억한다

…그 모퉁이에서 여름날은, 늦게까지 올해의 나비를 마
른 땅으로 보내어 꽃을 살려내는구나 꽃가루를 얻으며 살
려낸 꽃으로 마을의 좁은 통로도 비로소 빛난다 그 빛 속
으로 사람 하나 지나가는구나 세상의 중심 하나는 또 거
기에도 있고,

오늘은 내 하루의 평화로운 식탁에서 옥수수를 먹는다 잘
여물었다는 것은 빛나는 알과 베어무는 이가 만날 때 터
지는 속살의 기쁨으로 그들 사이에 빛이 닿는 경계를 만
들었다는 거다 빛은 그 통로로 끊임없이 스며들고 옥수수
한 알의 내부에는 또 하나의 푸른 옥수수밭이 들어앉는
거다

모퉁이 안쪽으로 돌아들어가는 바람의 개수는
이 여름 잘 익어가는 옥수수 여문 씨알과
환히 피어나는 내 웃음의 수와 같다

영화

8월 22일, 토요일이다 2015년
점심 먹고 찾아온 낮잠을 달게 자고 나서
집 앞 롯데시네마에서 인터넷 예매를 했다
오늘 저물 무렵에는 그중 베테랑의 붉은 노을을 만나야겠
다

…기억하는구나 살아오는 동안 잃었던 길을 찾는 수많은
방법을 너는 너의 길을 지키면서 나에게 알려주었다 문밖
의 길은 얽히고 끊어지고 때로는 없는 것이 보이기도 하
면서 참으로 아슬아슬하게 여기까지 나는 온 거다 수많은
추락의 충격 속에서도 내가 너를 잊지 않는 것처럼 너도
나를 기억하고 있었구나

기억나는구나 언제인가 너의 차를 타고 내 하루의 목적
지에 내리던 그날, 꽃은 꽃대로 피어서 더러운 길도 꽃길
로 만들던 그날의 좋은 네가 기억나는구나 너를 위해 나
는 싸운다 터져오르는 팝콘처럼 날아가 길에 떨어지고 맞
바람에 방향을 잃은 새가 되어 맑은 유리창에 부딪치기도

하면서 나는 잘못 살기 싫어서 지금 제대로 싸우는 거다

러닝타임 두 시간의 어둠 속에서
나는 내 안의 또 하나 빛을 보았다
그동안 거기 있었던 빛이어서 낯익다
권태로운 내 하루와 대적하여 어린 풀꽃은 오늘분
그 이쁜 얼굴을 커다란 스크린 사이로 내밀었다 사라지는
구나

처서

무엇이든 우리와 함께했던 것은
눈 깜짝할 새에 사라진다
무수히 많은 이야기들이 어둠속에 빛나는 유리창에 반사
되는 동안
그 여름의 꽃들도 어디론가 흩어져간다

…덩굴장미가 흐드러지게 피던 붉은 벽돌 담장에서 천천
히 덩굴장미가 사라지는 건 눈치 챌 수 있지만 우리가 잠
든 사이에 이야기를 끝내고 가을밤 별자리 대형을 위해
흩어지는 여름 별자리한테는 제대로 인사도 못했다

어느 층에선가 마지막 모기향을 피우는구나 서너 눈금 내
려간 밤공기가 이제는 저기 나무숲이 있는 곳으로 가지
않고 창문을 타고 실내로 매캐하게 들어온다 좁은 틈마다
잘 숨겨놓았던 귀뚜라미들이 일제히 더듬이를 흔들며 나
오는 그 시간이 된 것인지 몇 마리가 먼저 소리를 내보는
구나

떠오르는 건 불쑥 다가오는 거라서
깜짝 놀래키는 게 있긴 해 오늘 아침 해가 그랬어
창문에 덧대놓았던 햇빛가리개를
이제 내일이나 모레쯤엔 떼어내야겠네

선물

강을 하나 잘 건너온 기분이야
강도 배도 구름도
가만히 얼굴을 어루만지며 가는 바람도
모두 네가 보낸 거 나는 알지

…많은 사람들이 보는 거 좋겠지만 별자리 하나 잠깐 내
려오라고 해서 밀사로 너에게 보낸다 맨드라미 모양일 수
도 있고 이 가을의 기쁜 귀뚜라미일 수도 있는 밀사는 너
를 만나면 무엇인가 네게 안겨 줄 거다 작아도 크게 팔 벌
려 한 아름으로 덥석 안아받는 너를 보며 밀사는 전달 완
료의 바코드 삼아 별똥별 하나 나에게 보낸다 초가을 밤
하늘의 푸른 별똥별을 나는 받는 거다

길을 가다가도, 친구와 동순관에 앉아 간짜장을 먹다가
도 문득 네가 옆에 있는 듯함에 옆을 둘러보기도 한다 손
을 뻗어 네 팔이 있는 곳쯤을 만져보기도 한다 그때마다
너는 거기에 있는 거다! 누가 나에게 보냈는지 내 둘레는
너로 가득하고 내 안에도 네가 들어와 가득 채우고 있다

누가 보냈는지… 나 다시 팔 벌려 덥석 한아름으로 너를
받아 안기를 잘했다 참 잘했다

이제 강 하나 또 건너기 위해
그 앞에 마주하고 서 있지만
염려하지 않는다 강물의 소용돌이조차
너와 함께 추는 탱고, 그 즐거운 포장 열어보기인 거다

우산

연꽃 방죽으로 나가서 한나절 있으면
연꽃 꽃가루 풀풀 날려서 온몸이 젖네

…오후가 되자 비가 왔다 연잎들이 일제히 푸른 잎을 처
마처럼 받쳐들고 연꽃의 이마와 어깨를 가려주는구나 그
러고 보니 연꽃 꽃대와 꽃대 사이에 어느새 놓아둔 저 연
두색 잠자리 알들이 젖는다 꿈도 어느 것은 젖으면서 깊
어가고 어느 꿈은 바람에 흔들리며 또렷해지고,

연꽃 방죽에서 한참 앉았다 온
네 몸에서는 연꽃 향기로 멀미가 나고
들썩이던 네 어깨는 돋는 날개가 가려주더구나
너는 꿈을 그렇게 접고…, 접었다 펴고, 또 활짝 펴고!

화분

옥상으로 가는 길은
계단으로 올라가는 길과
하늘에서 내려오는 길이 있네

…덥지만 여름은 아름답다 상한 뿌리와 줄기를 아물게 하
여 붉은 제라늄 꽃을 피워 올리는 수많은 손이 있다 계단
에서 만나 그 손을 잡아보는 내 손도 있고

또한 여름은 넉넉하다 항아리와 항아리 사이 작은 그늘에
서 음지식물은 그 줄기 끝에 씨앗을 내어건다 그 작은 꽃
도 크게 보고 하늘 쪽에서 내려온 나비들이 있었던 거다

넉넉한 마음을
끊임없이 부어주어야 살아남는 거
때맞추어 다가가는 발자국소리와 해거름 흩어지는 햇살
들!

가족

누가 내다놓았는지
재활용품 가득한 물건들 속에 화분 하나
사랑초 한 포기가 잎줄기를 벋고
벋은 잎줄기 사이사이 꽃을 달고 있군

…아마 베란다가 좁아졌을 거다 거실 확장은 거실에 놓을
가구자리가 조금 더 생긴 것이고 햇빛 찬찬히 찾아들던
화분자리는 좁아드는 거다 확장의 건너편에 축소가 있지
밀려난 꽃들은 밀려난 곳에서도 여전히 꽃인데

사랑초나 괭이밥의 잎이 하트를 굳이 고집하는 이유는 따
로 있다 혹시 꽃을 피우기 전에 흙속으로 사라져도 잎이
사라지는 것이 아니라 사랑으로 스며들어 어느 날 그 위
에 새로 줄기와 잎과 꽃이 솟는 거다

우리 집 베란다에는 아직 빈곳이 있어서
내놓은 사랑초 화분 하나 다시 들여놓는다
그래, 언제인가 흙만 담긴 화분에 괭이밥이 찾아와서
몇 개 씨앗을 남겼던 그 자리가 딱 좋군!

떠남

그늘과 햇빛 사이 그 선 위에 앉아서
올해 가을 하늘을 처음 만나는 잠자리
조금 전 물속에 허물을 벗어놓고
젖은 날개를 말린다

…마침내 그는 파란 하늘의 오후 정원에서 신부를 맞이할
거다 바람은 잔잔하고 햇살은 눈부시다 허공의 보이지 않
는 수많은 굴곡을 오르내리면서 그들은 깨닫는다 서로를
당겨야 산다는 거

날개가 모두 마르고 가을 잠자리들은
서로 다른 곳에서 서로를 향해 출발한다
어느 곳에 서로 닿는 접점이 있는가
신방을 찾아 그들은 가을 들판을 향해 날아오른다

누룽지

뜨거운 불과 맞닿은 곳에
에메랄드나 수정, 다이아몬드가 생긴다

집 앞 작은 화단에 수국이 피었다 어머니가 오며가며 들
여다보고 웃으실 때가 된 것이지 맑은 날은 허리를 굽혀
이마를 대어보기도 하고 비오는 날은 꽃들 젖은 이마에
손을 펴서 우산 삼아 잠시 받쳐주기도 하는 그때도, 뜨거
운 불과 맞닿는 곳이 되는 거다 그 사이에,

에메랄드나 수정, 다이아몬드가 되지 못하는 것은
…그래, 구수한 맛의 네가 되었구나!

꽃의 출장

꽃이 여러 조각의 꽃잎으로 된 것은
꽃잎 하나로도 집 한 채 삼는 이들을 위해서다
이른 봄날 어두운 동굴을 나온 개미 몇 마리
햇살이 눈부셔서 눈에 눈물 그렁그렁할 때
문득 어디선가 날아와 지붕이 되는 꽃잎 한 장

…봄날 돌아다녀 좋겠다 산도 보고 하늘도 보고 새잎 나
는 나무도 보고, 좋겠다, 벚꽃 쏟아지는 공원 긴 의자에
앉아 무슨 이야기 재미있는 그들의 따스한 어깨에도 내리
고, 통통통 기쁘게 뛰어내리고…

달이 참 밝기도 하다
어제 그 밝음에 오늘 밝음을 더한 달빛
달도 여러 조각의 달빛이 있어서
달빛이 필요한 이들을 위해 밤새워 먼 길을 간다
돌아다녀 좋겠다, 꽃잎과 달빛의 무한공간…

친구

하늘은 멀리 있는 듯하지만
수많은 높이들이 섞여 있는 거지
그래서 큰 나무도 아주 작은 풀꽃도
제 높이에 맞추어 하늘을 갖는다

…키 큰 나무가 키 작은 풀한테 말한다 내 발등을 덮어줄
래? 풀들이 작은 걸음으로 봄날의 들판을 건너오는 동안
다른 풀들도 옆에 앞에 뒤에 함께 선다 여름날에는 그들
의 꽃으로 들판은 가득하구나 키 큰 나무는 그의 그림자
로 어디까지가 그의 발등인지 표시하는 동안 또 가을이
온다

높이가 달라도 한 하늘을 나누어 갖고
어느 날 나무는 떠는 풀들에게 제 살을 나누어주며, 마침
내
어깨의 높이가 같은 별이 되어 함께 빛난다

제5부

한 사람
—복숭아꽃

그 봄날의 긴 강둑에서
봄 햇살은 풀잎의 등에 따스하게 스며들고
먼 길을 걸어와서 잠시 기다리던 꽃들이
봄날의 맑은 강물을 타고 건너온다

투명하다, 저 복숭아밭에 가득 내리는 아지랑이
그들은 다시 사방으로 훨훨 퍼져가고,

마침내 내게도 다가온 복숭아꽃
환하게 웃으며 말하는구나
…저, 알아보시는 거지요

한 사람
—길마가지꽃

어느 날 아침, 산 하나가 문득 다가온다
산 저쪽의 해가 산을 밀고 오는구나
아직 잠든 열매들이 있으면 일어나서
산길마다 마을 하나 새로 만들라는 거다

몇 마리 새와 그들의 식구가 오고
그들의 집이 되고
그들의 지붕이 될 나무도 함께 오고

오래전부터 안마당으로 지나가는 토끼와
고라니와 산안개와 길섶의 꽃다지들…
알고 있었구나,
그들의 길은 열어주어야 마을이 된다는 거!

한 사람
—변산바람꽃

그렇다 사진첩을 정리할 때면 발견되는 얼굴들…

그중 하나 벽에 걸면
유년의 어느 날로 걸어들어 가는 문이 된다
햇살의 따스한 솜털이 세상을 감싼 봄날
여전히 젖샘에 닿아 있는 뽀얀 양볼이 환하다

지금, 그중 높은 벽을 마주했다면
유년의 그리운 사진을 그 벽에 걸고
마주보라,
그러는 사이에 벽은 사라지고

모든 사랑은 언제 어디서든 유효하다
유년의 솜털 같은 사랑도, 어느 날 다시 돌아와서
벽을 감싸 안는 아름드리나무의 그늘이 되어 있는 거다
…음, 기억나는 것은 또한 모두 유효하다 아주 오래전,
그때 서로 닿았던 어깨의 그 따스함까지!

한 사람
—산수유

봄날 피는 꽃은
그 봄을 알고 있는 사람의 수와 같다

꽃의 수와
그날 하루 만난 기쁨의 수도 같아서
산수유 한 그루가 그곳에 있는 동안에는
마을 하나가 그곳에서 더없이 빛나는 거다

봄날에는
그 봄을 모르는 사람을 위해서도 꽃이 핀다

한 사람
—주름잎풀

풀들도 때로는 다투고 싶을까?

꽃망울 속에 꽃이 잠들어 있는 풀밭에
햇빛을 불어넣는 바람들
나머지 풀들도 천천히 몸을 일으켜서
가까이 붙어 앉아 빈곳을 만들어 간다
꽃이 들어설 자리를 서로서로 만들어주는 거다
…그렇게 다투는 걸까?

여린 꽃대가 단단해지고
이목구비 또렷한 꽃이 되었다 싶을 때
그들은 마주앉아 서로를 바라본다
다투고, 또 마주보는 꽃들의 일상…

한 사람
—석류꽃

기쁨 하나가 다른 기쁨에게 다가가서
꽃을 건넸다 나를 위해 들고 있을 때보다
남에게 건네줄 때 꽃은 그 향기가 더 살아난다

기쁨으로 꽃을 주고받는 동안
그 둘레도 함께 환해진다
여름날 좁은 골목길과 낮은 담장도
몇 송이 꽃으로 더없이 빛나는 궁궐이 되고

자, 이러니까 조금 더 멀리까지 보이지?
저 나무는 지금 꽃신 신고 담장에 서 있는 거다

한 사람
—백작약

그럴 일이 있어서 가슴에 꽃을 달고
한 시간 정도 시내를 걸었어

건물만 있는 줄 알았는데
뽀리뱅이, 씀바귀, 방가지똥, 쇠별꽃
도감 속 들꽃들이 골고루 있네
시내에도 보도블록과 콘크리트를
자세히 들여다보면 그들도 야생을 키우고 있다

길모퉁이에서 아는 얼굴을 만나고
여전히 따뜻한 웃음으로 손을 잡아보고
담 너머 백작약도 가만히 들여다보고…
한참 기다렸지?
그 거리, 몸으로 인사하며 돌아다녔어

너도 가끔 그럴 일이 있었던 거지?
…어딘가에 두고 온 무엇인가 찾는 일

한 사람
—은행나무

은행나무 한 그루 나뭇잎의 개수는
멀리서 그 나무가 보일 때 셀 수 있다

들판을 지나간 아침의 개수와
들판에서 꽃 피우고 또 지던 들꽃의 개수를
아는 사람 없다 때가 되면 잊어야 해서
그들은 잊는다 아버지도 잊는 때가 되었고

이따금 전화를 나한테 하셔도 그것이 나인지
알고 하시는 때는 없다 누구요? 늘 물으시는 첫 말씀에
오히려 내가 날마다 나를 찾는다 아버지는
다 잊었어도 보고 싶은 사람은 여전히 있는 것처럼
넓은 하늘도 좋은 부분이 따로 있는 거다

멀리서 그 나무가 보일 때쯤이면
나무는 없다 등걸의 뜨거운 나이테만 있고

한 사람
—꽃바구니

주름잎풀, 솜양지, 소시랑개비, 패랭이…
함께 사는 풀꽃들이 있어서
여름 뜰 안은 빈자리가 없다 오늘은 마침
손 안에 가득 잘 익은 자두가 있어서
내 마음 안에도 빈자리가 없다

익어가는 모든 것들은
누군가를 위해 익어갈 때 더 깊이 익는다

내게 한 발자국 더 다가오고 싶지?
나는 이미 그대 그림자 안에 들어 있어서
내 숨소리 들을 수 있을 거다
마저 단물 드는 저 앵두의 기쁜 숨소리처럼
나는 너의 기쁨으로 이미 함께 기쁘다

시적 순간을 가로지르는 '조응照應'의 시학

백인덕 (시인 · 문학평론가)

시적 순간을 가로지르는 '조응照應'의 시학
— 심장근의 시세계

백인덕

1

시poetry는 독특한 발화의 양식이다. 그 특징은 우선 시 poet가 '매우 짧다'는 점에서 글(문자)이지만 말(음성)에 가장 가깝다는 점에서 찾을 수 있다. 이는 현대시가 시어를 일상어와 구분하지 않고 사용한다는 데서 출발해서, 탄탄한 리듬 의식을 기반으로 쓰이기 때문에 생긴다. 그러나 말이 일반적으로 정보나 정서의 교환을 목적으로 하는 반면, 즉 언어의 외연外延에 집착하는 데 반해 시는 발화의 순간, 발견과 직관을 통해 매번 새롭게 내포內包적 의미를 생성한다. 다시 말해 진정한 시에서는 소위 '동어반복'이 생길 틈이 없다. 현대시는 지나치게 이미지에 집중하는 경향이 있어서, 엇비슷한 이미지를 흔히 자기 복제나 인식의 불철저의 반증反證으로 치부해 왔지만 깊이 헤아려보면 그렇지 않다는 것이다. 주지의 사실이지만, 고대 그리스의 철학자 헤라클레이토스는 "같은 강물에 두

번 발을 담글 수는 없다"는 비유를 통해 시간의 흐름과 변화를 무섭도록 냉철한 인식으로 확인하고 있다. 반면에 지난 세기 프랑스 시인 P. 엘뤼아르는 그의 시 「나이는 없어」에서 "단 하나의 계절을 위해 벌거벗은 물과 불/ 우주의 얼굴에 저무는 것은 없다"고 선언했다. 모든 것은 필연적으로 변하지만 결코 사라지는 것은 없는 우주, 혹은 순간이 바로 오늘의 시적 순간인 셈이다.

심장근의 다섯 번째 시집, 『하루』는 구성이라는 측면에서 특이한 외양을 갖추고 있다. 하나는 "지금도/ 꽃보다 네가 더 곱다"(「이런 사실」)처럼 작품의 내용이 제목에서 완성되는 경우고, 다른 하나는 말줄임표(…) 앞에 내세울 때 발화의 방향이나 깊이가 달라진다는 점, 마지막으로 「하루」와 「한 사람」 연작처럼 여러 작품이 하나의 계기 motif에 대한 상이한 순간의 직관으로 구성된다는 점이다. 이 잘 짜여진 의도가 형식적으로 이번 시집을 튼튼하게 떠받치고 있다면, 이른바 만물 '조응'에 시적 인식 내지는 태도가 의미의 차원에서 시집의 지향志向을 여실히 드러내고 있다.

이제 주차해야 한다
바퀴 근처 봄 햇살 속에 문득 자주제비꽃 두엇
뿌리를 위한 흙은 없네 알아서 살아왔구나
경계를 짓는 어떤 덩어리와 덩어리 사이가

이렇게 꽃의 집이 되기도 하는 이 봄날
나도 들꽃의 집 마당에 주차하다

—「경계석」 전문

이번 시집이 보여주는 몇 개의 간극, 정확하게 말하면 간격을 가로지르는 생의生意의 시적 순간을 유추해 볼 수 있는 작품이다. 시적 화자는 '주차'라는 인간적 행위에 집중한다. 그런데 '바퀴 근처'에서 "문득 자주제비꽃 두엇"을 발견한다. 이는 곧바로 "뿌리를 위한 흙은 없네 알아서 살아왔구나"라는 일종의 자각에 닿고, 뒤이어 '경계'의 "어떤 덩어리와 덩어리 사이가" '꽃의 집'이라는 사실을 재인再因하게 된다. 이 재인이 놀라운 점은 첫 행에서 보였던 '주차'라는 행위가 인간, 혹은 주체로서 자아의 무의식적 반응이라면 '어떤 덩어리와 덩어리 사이', 즉 융합融合되지 못한 이질의 두 사물의 '사이'에서마저 생명의 장場을 열어젖힌 '자주제비꽃 두엇'의 발견의 순간 화자의 행위는 "들꽃의 집 마당에 주차"하듯 조심스러워진다는 것이다. 주인에서 손님으로의 자연스러운 전환轉換이 드러나고 그 매개가 생명임 또한 자명해진다.

　이 글은 결국 "문득 자주제비꽃 두엇"을 발견하는 심장근 시인의 시적 순간에 집중하면서, 그것이 결국 "어떤 덩어리와 덩어리 사이"의 '경계(간극)'를 가로지르는 인식임을 밝혀보고, 시학으로서 '조응'의 의미를 탐색하는 도정道程이 될 것이다.

2

시적 순간이란 계기를 지칭할 수도 있고, 어떤 대상에 대한 발견이나 직관이 이루어지는 찰나刹那이기도 하고 그것이 시적 형상화하면서 '의미'가 생성되는 지점이기도 하다. 굳이 따져야 할 것이 있다면, 이런 순간들이 순차적順次的으로 진행하는가, 아니면 즉시 형성되는가일 것이다. 순차적이라면 작품을 시인의 의중을 보다 심층적으로 반영한 소도구로 이해한다고 해서 크게 문제가 되지는 않을 것이다. 반대로 즉시성卽時性이 두드러진다면 작품의 언표 너머의 시적 지향을 찾는 데 보다 큰 노력을 기울여야 한다. 심장근 시인의 경우는 후자에 속한다고 할 수 있다. 오랜 시작詩作과 부단한 사유의 결과이기도 하겠지만, 시인은 이미 자신의 의도와 대상의 양태와 시적 의미를 한순간에 용해溶解할 수 있는 경지에 도달한 것 같다.

…사람이 꽃을 만나는 것은 사람의 일일까 꽃의 일일까?
아주 조금씩 내가 변한다면, 그를 닮아 나도 꽃이 되는 쪽
으로 변해 간다면 사람의 일이 바로 꽃의 일이 되는 거다
　　　　　　　　　　　　　　　　　—「햇살의 말씀」 부분

…마당의 수많은 항아리 중에 어느 항아리에 매실이 있는
지 매실나무는 알지요 매실나무에 앉았던 새들이 내려앉는
항아리,
　　　　　　　　　　　　　　　　　　—「누름돌」 부분

…70년을 걸어가야 만날 수 있는 별 하나를 향하여 네가
왔다 걸을 때마다 너를 앞으로 밀어내며 피어나던 봄꽃들
도 제 향기에 취해서 지고

— 「매미」 부분

앞에서 언급했듯이 말줄임표(…)로 시작하는 연이 배치된
작품들에서 이 부분은 매우 중요한 역할을 한다. 그 앞뒤
가 일반적인 시적 서술로 시의 배경이거나 해제解題의 기
능을 맡는 반면, 대체로 작품의 중심에 놓인 이 부분은 시
적 화자의 직접 진술의 형태로 의미의 발생을 겨냥한다.
대체로 이 명제들은 느슨한 형태로 풀어져 있지만, 의미
는 명료하고 강압적인 고지告知보다 자연스런 스밈을 지
향하고 있다. 이는 시인의 발화 형식의 간과할 수 없는 특
징임을 다시 강조한다.

이들 작품에서 주목해야 할 점은 발화자가 누구인가 하
는 점이다. 첫 번째 인용 시의 경우, '나(내)'와 '그' 같은 인
칭 명사가 등장함으로써 인격화하고 있지만, 실제 말하는
이는 '햇살'이다. 이는 '햇살의 말씀'이라는 표제에 의해
강력하게 증거되며, "사람의 일일까 꽃의 일일까?"라는
물음을 통해 제3의 존재가 개입하고 있음이 반증된다. 마
찬가지로 「손수건」에서는 "너는 열이 좀 있고, 너는 누군
가 보고 싶구나"라고 손수건을 짚어주는 존재가 저녁 해
임이 드러난다. 여기서는 '해(햇살)'가 사람과 꽃을 가로

지르는, 해바라기와 그를 바라보는 시선을 가로지르는 존재라는 것만을 명시하기로 한다. 이와 달리 두 번째 인용 작품은 시적 화자가 직접적인 발화자라는 것을 알 수 있는데, 이는 발견의 순간을 강조하기 위해서 '항아리'와 '새' 모두를 동시에 포착하기 위한 전략이라 볼 수 있다. 이는 행위자보다 그 결과에 집중했을 때 사용되는데, 가령 「맛을 위하여」에는 "잠시 참새가 앉았다가 떠난 자리 근처의 매실은 조금 전하고 달라요 참새 날개의 달콤한 휴식이 매실 안에 단맛으로 한 스푼 스며드는 거예요"라는 직접적인 표현이 등장한다. '참새'와 '매실' 그 어느 쪽에도 물매를 주지 않으면서 서로에게 미치는 영향에 대해 강조하고자 한 것이다. '누름돌'에서 수많은 항아리 중에 제 열매가 담겨 있는 항아리를 매실나무가 알 수 있게 해주는 새의 내려앉음은 그 이전 즉 항아리에 담기기 이전의 새의 휴식을 받아든 매실과의 상호작용의 탁월한 효과인지도 모른다. 마지막 인용 작품의 경우, '너(네)'는 매미인 것이 분명하지만, 걸어가야 만날 수 있는 '별'과 매미의 계절을 위해 먼저 지는 '봄꽃'들의 상징을 통해 발화의 주체가 시인임을 유추할 수 있다. 이런 경우는 비유의 사용이 결국은 시인의 정서적 표출에 다름 아니기 때문이다. 「청포도」, 「사모곡」, 「쉼休」 등, 이 계열의 작품들은 시적 화자의 정서가 비교적 직접적으로 표출되고, 현실의 일부분이 포착된다. 이는 '시간의 흐름과 변화'라는 절대 불변의 진리 앞에 선 한 존재의 자각이 자성自省으로 이어진다는 점에서 이미 충분이 유의미하지만, 시인이 궁극窮極으로 겨냥한 것은 아닌 듯하다. 오히려 시인은 "잔디밭을 지날 때 바람은/ 그 손에 쥐었던 것을 내려놓고 간다" '몇 개의 토끼풀'과 '그곳에 앉았던 좋은 기억'까지 내려놓고 가는 '바람'을 보면서 시인도 "운동화를 벗어 옆에 놓고" 길게 누워 "하늘도 한 평 거기 내려놓고" 그래서 "잔디밭을 지날 때 나는/ 빈손에 무엇인가 한줌 받아들고 간다"(「생성」)고 고백하고 있다. '생성'이라는 제목을 염두에 두고 읽으면, 바람이 놓고 간 무엇으로부터 나는 '기억'이 아닌 '생명'의 무엇을 건져 올린다는 간명한 명제로 환원된다. 이 환원이 이 시집이 구축하는 '조응의 시학'의 한 기둥임에는 의심의 여지가 없다.

멕시코의 노벨상 수상시인 O. 파스는 현대의 언어적 상황에 대해 다음과 같이 진단한 바 있다.

자의식의 성장은 대화와 독백이라는 언어의 두 가지 기능을 위협한다. 대화는 다의성에 기초하고, 독백은 동일성에 기초한다. 대화의 모순은, 각자가 타인들과 말할 때 사실은 자기 자신과 말하기 때문에 일어난다. 독백의 모순은, 자아가 결코 자신이 아니라 내가 나에게 말하는 것을 듣는 타인이기 때문이다. 시란 언제나 용어의 개종을 통하여 이러한 불화를 해결하려는 시도가 되어 왔다. (『활과 리라』)

시의 역할을 존재의 차원에서 실제적으로 진단한 명쾌한 진술이다. 여기에 비추어 본다면, 심장근 시인은 진단하기보다 시적 형상화를 통해 보여주기를 택한 것이라 이해할 수 있고, '대화와 독백'을 구분지어 사유하기보다는 가로지르기라는 전략을 채택함으로써 '이해'에 앞서 '공감'을 지향하는 방향으로 인식과 시작을 몰아온 것으로 보인다.

3
시적 순간이 빚어내는 황홀함이, 물론 그것은 아우라Aura를 후광後光으로 두를 수 있는 시적 형상화에 성공한 작품들에만 주어지겠지만, 이번 시집 『하루』에는 페이지 곳곳에서 묻어나고 뻗어 나온다.

> 수백만 번 허공을 찌른 바늘자리가
> 내 목을 감싼 순간
> 너의 두 팔 안쪽 따스한 온기로 바뀔 줄이야
> ─「하루 ─뜨개 목도리를 하고 새벽길을 나서다」 전문

개략적으로 현대시에서 발화자(시에서 말하는 이)에 대한 이론을 살펴보면, 주체, 자아ego, 시적 자아persona 등으로 구분할 수 있다. 이때 주체는 객체(타자, 대상)와 관계되고, 자아는 무의식(욕망)과 연결되며, 시적 자아는 자극(불안과 현실)과 관련하게 된다. 하지만, 이런 구도는 사실

현대시에 대한 이해를 확장해 왔음에도 불구하고 '시인' 에 대한 이해와 시적 순간을 해명하는 데는 일정 부분 그 한계를 노출할 수밖에 없었다. 이 모두가 일종의 변별성, 즉 '다름'이 아닌 위계적 '차이'를 의연 중에 강조했기 때문이다.

심장근 시인의 『하루』는 표제가 암시하는 것처럼 순간에 집중하면서 그것이 미시적 인식에서 끝나지 않고 우주를 포섭包攝할 지점이라는 점을 상기시킴으로써 시사적詩史的 의미를 획득한다. 인용 시처럼, '하루'는 "수백만 번 허공을" 찔러야 하는 속절없는 연장延長일지 모르지만, 그것이 '목', 누군가의 생명('목'이 일반적으로 유비하는)과 만날 때 '온기', 즉 생기生氣로 전환한다. 어떤 이유나 과정에 앞서 접촉(일종의 만남)은 곧바로 생명의 물줄기를 튼다. 이것이 이번 시집의 전반부에서 시인이 보여준 시세계의 전모라 해도 과언이 아닐 것이다.

하지만 우리는 이 전환, 꿰뚫지 않는 가로지르기에 익숙하지 않다. 시인은 이미 "아침에 하나만 뜨지만/해는 꽃들의 수만큼 햇살을 가지고 있다"(「하루─밝으니까 본다」)는 것을 알며 "바람은 언제나 직선으로 오지 않고/ 높낮이가 다른 나뭇잎들을 고루고루 지나서/ 내가 서 있는 눈높이에서 솟거나 내려앉는구나"(「노래」) 나 "저물녘이면 새들이 돌아오는 길이 있다/ 아무데로나 날아들며 날개를 접지 않고/ 하루 종일 햇빛이 지나간 들판과/ 바람이

멈췄던 곳에 숨어 있는 길을 찾"(「하루―들판에서」)는다
고 한다. 햇살을 꽃잎을 찌르고 지나가는 무수한 화살로
읽지 않고, 바람이 직선으로 불지 않으며, 저녁 새들의 어
지러운 비행을 해와 바람이 낮 동안 새겨둔 길을 찾는 자
연스런 행로行路로 읽는 마음, 만물 조응의 시학이 명료하
게 드러난다. '조응'이란 서로 비춤이다. 한 방향이 중시되
고, 한 힘이 중요하게 인식되기 시작하면 조응이 아니라
강제적 응시凝視가 되고, 그것이 더욱이 인격일 때, 최악의
경우 시인일 때, 사물은 얼굴을 감추고 제 빛깔과 향기를
바꾸고 인간의 말을 앵무새처럼 되돌려준다. 이 '타인이
지옥'인 세상을 시인은 이미 벗어던진 것이다. 따라서 그
의 가로지르기는 개념적이기보다는, 그렇다고 감각이라
기보다는 경계의 사이에서 망설임과 같은 것인데, 여간해
서 부정적 정조情調(정서와 시어)를 드러내지 않는 시인의
의지가 역으로 돋을새김된다 해야 할 것이다.

하나의 이미지를 떠올려 보자. 낮에는 해와 꽃이 어른
대로, 밤에는 별과 잠자리가 비행하는 검푸른 수면이 있
다. 거기에 돌(詩心) 하나가 던져졌다고 하자. 밤의 소리는
멀리 빠르게 퍼져나가지만 '반향과 울림'은 소리의 다른
층위일 뿐, 신속히 사라진다. 그렇다면 하나의 조용한 형
상形象만 남는다. 작은 동심원이 다음 물결로 더 넓게, 그
다음은 조금 더 넓게 퍼져나갈 것이다. 하지만 우리는 이
형상의 표면에서(물리적 법칙을 무시하고) 작은 원과 보

다 큰 원 사이의 관계를 읽어낼 수 없다. 그것은 단절된 것으로 보인다. 그러므로 또한 각기 소멸하는 것으로 이해된다. 하지만 시인은 이렇게 노래한다. "…목걸이와 너의 흰 목의 만남에도 이끄는 힘이 있었던 거지 지난 봄날 개나리 담장을 큰 목걸이 삼아 마을 하나 봄이 깊어 갔던 것처럼 너와 너의 목걸이도 함께 깊어"(「자석」)간다고. 여기서 심장근 시인의 '자석'을 무어라 '명명命名'하지 않을 것이다. 다만, 그 힘이 생명의 이 화신化身과 저 모양模樣을 끌어들여 한바탕 축제를 기획한다는 것만을 말하기로 하자.

어쩌면 '하루'가 시적 순간이 빛나는 지점을 지시指示한다면, 그곳을 향해 누추한 몸(아마도 그 이유는 갱신을 거듭할수록 '기억'에 의해 무거워지고 헐거워지는 마음의 소여所與이겠지만)이 오늘을 기록한 것이 '한 사람'일지도 모른다. 예의 그늘이 걷힌 맑은 공간이 약간의 질식을 일으키지만, 시인은 여전히 나를 부드럽게 뻗어나가 앞서 일어나 파문波紋에 가 닿고자 한다. 그것이 비록 소멸에 가까워지는 것일지라도 말이다.

은행나무 한 그루 나뭇잎의 개수는
멀리서 그 나무가 보일 때 셀 수 있다

들판을 지나간 아침의 개수와
들판에서 꽃 피우고 또 지던 들꽃의 개수를

아는 사람 없다 때가 되면 잊어야 해서
그들은 잊는다 아버지도 잊는 때가 되었고

이따금 전화를 나한테 하셔도 그것이 나인지
알고 하시는 때는 없다 누구요? 늘 물으시는 첫 말씀에
오히려 내가 날마다 나를 찾는다 아버지는
다 잊었어도 보고 싶은 사람은 여전히 있는 것처럼
넓은 하늘도 좋은 부분이 따로 있는 거다

멀리에서 그 나무가 보일 때쯤이면
나무는 없다 등걸의 뜨거운 나이테만 있고
                              ―「한 사람―은행나무」 전문

뜨거운 마음이 한순간을 지나간다. 심장근 시인은 '은행
나무'를 들어 현실에서 통용되는 물리적 사실로서의 원근
遠近 이전에 마음의 행로를 되짚어 보여준다. '아침의 개
수'와 '들꽃의 개수'는 앞으로도 셀 수 없을 것이다. 왜냐
하면 그것은 '하루'마다 새로운 것이며 하나의 관계의 장
에서 매순간 새로운 의미를 획득하게 될 것이기 때문이
다. 그러나 육신肉身의 관계는 다르다. 치매의 '아버지'가
"누구요?"라고 전화를 걸어오는 것은 "다 잊었어도 보고
싶은 사람은 여전히 있는 것"이지만, 시인은 "어디선가 꽃
이 피려고/ 온몸의 기운을 꽃잎으로 모으는 시각/ 해도 그

때 뜨기 시작하는구나"(「풀꽃개론」) 감탄을 숨기지 않는
다. 시인에게 조응의 시학은 이처럼 익숙한 것이면서 절
실한 것으로 보인다. 이 두 방향이 필자에게는 분리分離보
다 전화轉化로 읽히지만, 이 작업은 이번 시집 『하루』에 대
한 보다 상세한 후속 작업을 기대하며 글을 맺는다.